Nico Bleutge

fallstreifen

Nico Bleutge

fallstreifen

gedichte

C. H. Beck

2. Auflage, 2009

Gesetzt aus der Adobe Garamond im Verlag C. H. Beck
Druck und Bindung: Pustet, Regensburg
Gedruckt auf säurefreiem, alterungsbeständigem Papier
(hergestellt aus chlorfrei gebleichtem Zellstoff)
ISBN 978 3 406 57687 4

www.beck.de

aufgeblitzt

aufgeblitzt

es war von schnee die rede, seiner härte
schnee, der sich in spalten frißt und risse
im gelände hinterläßt, sie sagte *schnee*
die stimme, *aufgeblitzt*. das bild
sackte in sich zusammen, flackerte
noch einmal auf. die dinge, töne
schienen ähnlich, und die welt fast
angestochen, *sie war mir ungeheuer*
deutlich, kam mir sprachlos nah. bis
auf die knochen reichte dieser stich
der aus dem hinterkopf stammte, seinem
schwerefeld: das stumme sitzen
auf der couch, die lehne und
die rillen in der haut. oder die nach-
mittage, sonntags, licht
fällt vom fenster richtung farn
der bildschirm knistert, wenn die hand,
noch warm, darüberfährt. es war ein wehen,
nahe, ungesprochen, das lauschen
wob sich tiefer ein. fast
schien es schnee zu sein, der blieb
ein ziehen in der nase, staubgeruch

mischt sich

es ist ein andres licht, ein andres schauen
ein rest von helligkeit, der manchmal abends
spät durch die scheiben fällt oder beim aufwachen
mit einer wimper kurz das auge trifft. ein
ziehen in den gliedern, frösteln fast, *woher*
es kommt – wir wissens nicht, doch manche
bilder geben nach und haben weite: luft
und sicht. *so daß ich tief in mir die augen*
dunkeln sehe, klar noch im vergehn
das schaben, eine kinderhand, die farbe
nah am ohr, das weicht, verläßt
die frühen tage, schiebt sich weiter
vor. das glühen in den achseln, fieber-
gefühl, die wechselnden schatten der haut
das mischt sich, manchmal, noch ins schauen
während die bilder, nachtschicht im genick,
nur langsam ineinanderfließen
und von den fenstern kommt das licht
verändert in den raum, und sinkt schon, sinkt
zurück.

haut

der blick, der sich an haut entzündet
(wenn haut die stirn ist, die sich spannt
oder die wange, die mulde hinterm ohr)
ist nicht der blick, der in der landschaft
suchen geht. die linien feiner, kaum
berührt. noch auf den bildern ist die haut
mit einem ton versehen, weichflächig, licht
spielt um die augen. und sammelt farbe
nur im angestrahlten haar (das
fällt in strähnen auf die schultern, dunkelt
an der kopfhaut nach). haut hält den blick
umwoben, die wangen, ohren röten sich
beim tasten nach schatten, brauen, einer
stirn. was haut umschließt, mit ihrem schein,
was an den handgelenken spürbar wird
bleibt ungesagt. die augen sinken,
tiefer im besehen, und weichen nicht
wenn sich die knöchel zeigen und die knie,
gefältelt fast vom druck, im innern

nicht farbe

an hände denken, an das netz,
derweil die schwester, unbesprochen,
ins nebenzimmer geht. die stille, fremder
atem durch die wand, der sonntagstee,
der auf dem tisch schon auskühlt,
trübe wird. so liegt sie da, die augen
offen, und jedes wort zieht unberührt
an ihr vorbei. *nicht sprechen*, nicht
an die tapete gehen. was sich da häutet,
schichtet, nah sich aufeinanderschiebt.
das kriecht die wirbel noch entlang,
drückt nach in den knochen.
die tage unter pflanzen, vasen,
das wellige an ihrem haar. die lichten
stellen an den wänden, der lysolgeruch.
nicht sprechen, erst wenn der besucher fragt,
erst wenn die hand, die fremde hand,
geschüttelt ist. und nicht den zungenstand
vergessen. nicht die geräusche.
war da ein zischen hinter der tür?
war da ein keuchen, wasserdampf? nichts
will sich lösen, zeichen sein, was sich bewegt
scheint doch zu verharren. stumm,
unnahbar, ihre kinderlippen, man sieht
das haarnetz, ihre müden augen.
es nimmt nicht farbe an, das gesicht

rinde

und was, wenn sich die möglichkeit nicht
zeigt, wenn sie nicht sichtbar wird an den balken,
den fenstern, der ähnlichkeit im gesicht.
wenn da nur luft ist, warm,
die langsam durchs glas strömt, und klang (*hörst*
du die stimmen knistern?) sich dehnt und dehnt,
bevor der gaumen antwort gibt, im stillen. lauschen,
unruhiges warten, die zimmer in diesem haus
sind nach oben hin offen. keine wucht, oder kraft,
kein knacken im fundament. nur das ziehen
der luft, die leichten wölbungen im putz (als
ob das nichtsein eine richtung hätte, eine form).
doch was sind linien? was ist holz? und
meint die möglichkeit nicht mehr als haare,
die rote stelle am kinn? handflächen, kaum
beleuchtet, fast wie im schlaf, an den wänden
tasten die finger sich vor, beweglich, ahnend,
was gewicht heißen könnte. luft
von geringerer dichte, dunkelndes glas,
der *schmale, letzte jahresring*, unter der rinde.

das ist die jacke, faltig,
blau. die in die arme, schultern
die in den oberkörper geht.

das sind die häuser, mit
den stufen, wäscheleinen.
das ist der hintergrund. am

ufer, schattenseite,
steht der junge, schaut
aufs wasser, weg vom

betrachter. spürt er das wachstum
in den knien, spürt den blick
der ihn von hinten hält?

zwischen jacke, hals und
haar ist nichts
als spannung. ein flackern von etwas

das nicht hineingehört.
frag nach den borsten, nach
der pinselstärke, die weichen,

sagt man, gehen tief. und
könnten stufen sein, was trifft,
mit einem schatten, einer

möglichkeit. ein druck, der
kurz nur, flackernd,
den körper durchzieht.

über land

mehr noch als orte, mehr
als die regung der luft: über land
halten zahlen das ticken in gang. die
nummer, *nur versehentlich*
genannt. beim wechseln der sender, nachts,
auf einem parkplatz, geht das schnell
in die brust. hautflecke, die gefäße
weiten sich, der sitz wird warm, wird hand
am hörer, harter teppichboden, wenn das klicken
durch die leitung ging. das reibt, das zittert
noch. und nächste ausfahrt, *bald*. die
orte, eine jahreszahl, genügt,
verjüngt die spur. von
holz, von kalk, den seitlich
aufgehängten seilen, von hallenluft und etwas
mit einem *schwingenden gewicht*. nach-
klang, auf halber strecke, der schriftzug
drängt noch hinein, filzstift vielleicht
auf schichtpapier, das flickert noch, das
sticht. und schatten, seifig, wie der rest
von einem nummernschild, der radstand,
die beleuchtung ausgedreht. da
war das schleifen von metall, die stellung
der füße im staub, und was auf stein
schlug, knackte nur, es knackte
ohne luft.

luft

dann, gegen mittag, kommen die ersten
geräusche von der straße herauf. das klopfen von händen
auf stoff, die schnellen kinderstimmen. im gelände
zwischen den wohnblocks, ruhigere
bewegung. flecken wandern, luft schiebt umher
der blick zieht die umrisse nach
auf der hangfläche längs der garagen. holzzäune
schmale nesselfelder, dahinter das glitzern
der neubaufassaden. kurz nur
hebt wind an, ballt sich
weht sand in die hügelschneisen
hell und markiert bis zum rand
mit signaltafeln, dicht an der sicherheitszone
die sich ausstreckt über die ebene, an den kontrollstellen
kaum mehr zu sehen ist. *baumreste* bleiben
maschendrahtweiten, der schatten des windrads, der seitlich
über die hausdächer flappt

faltengebirge, der blick reicht weit hinein
in die schichten der landschaft, gipfel und grate
flanken, gebändert, mit luft überzogen. der andruck des schnees

hat die mulden am wandrist geweißt, die vordersten linien
dicht an dicht in die hänge gefräst, von den augen aus
schieben sich grauflächen zwischen die wehen, *zerfahrner dunst*

von einer dünnen wolke. leicht an die ränder hinaus
die kaum farbe gewinnen im festeren sehen
ein lösen von bleichfäden, witterungsspuren, hinmischend

in eine dunklere schicht, entfernung aus feldern, stufen
eingesenkt schon in das dämmern, nah am vergehen
der schwemmkegel unten im tal. langsam, bald wieder steigend

wandert der blick an den hängen, immer die schneisen entlang
vorbei an felsen, spalten, ausgeschlämmten wannen
mehlig umfangen vom licht, das weiter aufwärts

klarer wird, rings um die kuppen noch einmal schärfe zeigt
schlacken, reste von schnee an den kammlinien
hell fast vor den gestaffelten wolken

wellen in einer bewegung aus bögen, die sich weiten, landein
laufen, vorsichtig anschlagen. zwischen den tanks
drängen bojen das wasser zurück, in die öffnung der schleuse

mit ölfäden, feineren ästen. dahinter schichten aus laub,
schaukelnd, längs der kanalrinne, klarer verteilt und leicht
übers ufer hinaus. strohballen warten, halten den weg

von der wiese getrennt, moos und halme, gras beugt sich, dreht
fast vermischt mit der strömung der luft. an der halde, verdichtet,
geht schon der wind durch die zäune, pfosten für pfosten, und staub

treibt auf aus dem rain. dehnt sich, getragen, weich übers feld
richtung damm, auf die gleise zu. schotter und kies, für die über-
landbahn, die leitungen quer zum gelände, sich

kreuzend, in mehreren reihen nah am hang. und wieder
flußwärts, her von den feldern, streicht die luft, in kleinen
schüben bewegt sie das gras und weht aus den kuhlen

spelzen heran, die zögern, bleiben nur kurz
an der schleusenwand haften, um abzugleiten, weit
in das wasser hinein, wo die wellen die schwemmspur ändern

stadtküste, niedriger wasserstand
an den wänden aus teer und beton. licht sinkt, luftschichten
wandern umher in den wiesen, der leichte wintergeruch

löst sich auf mit jeder weiteren bewegung, im gelände
zwischen den anlegestellen sammeln sich töne, der einfache
rhythmus harter schläge. nietbolzen, preßluftgeräte

schlepper im zug der strömung
die von den antriebsschrauben kommt. verdrängt von wellen
steigt dunst an der kaimauer auf, *die schattierungen schwinden*

noch auf fluthöhe wechselt die sicht
ihre bindung, krillscharten, wenige striche genügen
um den pfad durch die becken zu finden, brache rangierflächen

gras, das an die lagerhallen reicht, ungleich belichtet
eingelassen in stein der verkehrsring, die ersten kontorbauten
führen den blick zu den kabeln, treiben ihn an zu erkundungen

in der luft. nur im hintergrund zeigen sich blocksilhouetten
dämmernde wohnparks mit fernsehantennen und wind
der abstand schwer zu bestimmen

dicht noch gefächert vom licht (*als wär ein straßennetz*
darüber ausgebreitet) sind diese dächer kaum zu übersehen
die aus den gärten ragen, wellblech, fast verwachsen

mit kletterranken, ausgebleichten büschen. am eingang
fährt der finger leicht nach links, die kolonie
grenzt an planiertes gelände, während sich rechts, auf

einem nebenpfad, die ersten schatten zeigen. rauch
steht in den wegen, hüllt die platten ein, in stapeln
hängen bretter in der luft, lackiertes holz kommt

weiter hinten erst, die lauben, leimbehandelt,
selbstgesägte rohre aus der wand, davor ein flimmern
rauschen, wärmeaustausch findet statt, das *gleiten*

empfindlicher stoffe. hartkuppig zieht der finger wieder los
auf den am rand gefegten wegen, den wällen
der bepflanzung zu. jätfurchen, frische grasterrassen

die wassergruben dunkeln ein. allein die luft pumpt
und der strom fließt weiter durch die gärten, die lichter,
an den pfosten, brennen schon

drei stimmen

frottee

undankbar seist du gewesen, sagte die stimme
sagte *kein laut* und drückte sich langsam näher
dicht an den körper heran, die haut ganz pelzig und kalt
locker die hand, locker die falschen zähne
der geruch eine wand, von wasser zerfressen, nicht genug
der fuß, der sich nach außen reckte, einen bogen zog
an was ich dachte, weiß ich nicht, aber ich sah
die schlieren am fenster, das dünner werdende licht
doch nicht gemerkt, wo sich die augen treffen und die knie
das reißverschlußgeräusch, *wenn hier die fetzen fliegen*
bin ich immer ruhig, geläutert fast, die arme, hände
an der hosennaht. da hilft kein zittern, kein geheul
kein vor die brust gestrecktes eisen. sandstrahler waren es
die mir den rücken lösten, die gelenke knacken ließen
gleich zu beginn, jetzt schon war nichts mehr zu spüren
als wär ein vögelchen im innern, für momente taumeln
torkeln, so flattrig, dann hinab. nur dieses tasten, kneten
auf dem frotteetuch, das liegenbleiben, mit dem schweiß-
geruch, *haare klebten an mir, ich fiel in tiefen schlaf*
ein tropfen weckte mich später, ging hinein in den kopf
kein ton mehr, keine feuchtigkeit, die hände hielten
still. luft kam vom fenster, mild, beinah verläßlich

karbid

ich bin wieder unterwegs in die steppe, ich bin
an den rand der metallwand gedrängt, die geräte
drücken den beutel ins kreuz, vor dem fenster die zweige
huschen vorbei, und die kellervorräte
gehen allmählich zur neige. minus zwanzig grad
der andauernde schneefall hier hat die laune
nicht gerade verbessert, wolldecken werden verteilt
der schlafsack spannt sich, bis zum gesicht
nur eine kleine öffnung über mund und nase
die kohle, der karbidgeruch, *ich atme langsam*
vor mich hin, wie ein stück wäsche, das die luft
die durch die gänge zieht, verschluckt. die gedanken
schon wieder voraus im gelände, bodensondierung
das warten auf nachschub, *immerzu hofft man*
daß es wieder vorwärts geht, und hundert kilometer
weiter steht die grenze unter beschuß. verrußte
stimmen, aus dem nebenwagen, knistern, nichts
bleibt verborgen, nur die manschetten, druckverbände
halten dicht, während im kopf, bei notbeleuchtung
das tauwasser rieselt. froststellen auf den bänken
die gelenke eingeknickt, sogar die beine seitlich fest-
gefroren, *die brust macht einfach nicht mehr mit*

glas

dies endlich stille tal, darin der wind sich dreht
darin das kraut, genährt, zum sitzen
lädt. mich treibt's doch auf, ich kann den blick
von dieser larve nicht mehr wenden
das bild wird stärker noch in meinem kopf, da ich
alleine bin und denken kann, beim laufen
des mannes lippe kam mir vor die augen
und seine rede in den sinn, die leicht gebläute
zunge, die sich schob hervor, *ich bin nicht*
der ich war, die glieder sterben mir
es fault an haut und bein, und auch die luft
ist mir schon gänzlich ausgegangen. mohnsaft
ein summen im ohr, was sprach er von lunten
von flammen, von pfeilen, die ihn wund
gemacht. nun fehlt das licht, nichts
zehrt mehr, züngelt, bleibet in ruh
der hungerkittel hängt ihm um die knochen
die finger fleckig, ohne lust
mag ihm nicht taugen, von den dingen
losgelöst, kaum mehr berührt zu sein
und langsam nur geht aus und wieder ein
was in die brennespiegel fällt, in seine augen

dienstbare tiere

diesiger mittag, die krähe
schwingt sich vom dach
ihr gezogener anflug
bindet die flächen der luft, nur
verzögert die landung
das haarfeine rucken
des blicks
hinterm fenster

magnetische finger, ganz versunken
in die zerzupfte granne am gelenk
als plötzlich rascheln hörbar wird, zwei
junge hasen aus dem deichholz brechen
wegbrettern nur noch, stäubchen
das trommeln der pfoten
richtung strand

baumwurzeln, unter der feuchten erde
schlagen die maulwürfe wieder zu
auf dem zaunpfosten, unruhig, sitzt der bussard
und hebt ab. schraubt sich tief
in den wachsenden weißen himmel
rändert die luft

brennesselschatten, darin der hund sich
stur im kreise dreht. sein rauhes fell und
diese stimme, *heiser und gewürgt.*

die töne, stundenlang, wobei das halsband
dicht am zaun bleibt, dicht am schatten.

spätes gewitter, dämmer schon. es
rauscht gewaltig um den hund
nur seine flanke noch zu sehen
und dieser kopf, der immer wieder
lautlos in den nacken zuckt.

wasser inzwischen, reifenspuren
wo nachts die farne sich bewegen
war der marder unterwegs, hier
hat er blut gelassen, federn
das vogeljunge im schnee

lichter, abends, draußen im schnee
zwischen zaun und straße, wartet die katze
auf das öffnen des fensters nebenan
ruhig sitzt sie da, den kopf erhoben
sammelt bewegung ein und eitelkeit
was sie verbirgt, *hinter den augen*
nicht zeigt es der rauhreif, nicht das sehen
das kalt nach unten geht

kurven am himmel
zwei vögel
die sich betasten im flug
der eine tänzelt, schwebt
es zirpt
der andere
dann schlägt er zu

libellenkörper, wie erlegt ...

... und eingeklappt die feinen beine, die augen
schon ganz schwarz. der daumen dreht den hinterleib

von oben zweite ansicht, *daß die äderung noch hält*, da
zittern härchen, wenn es bläst, da zuckt der kleine

angespannte muskel an der wimpernhaut (war es ein duft
der langsam stieg, war es ein hauch, ein ähnlicher tonfall?)

lungenstiche, trockener mund, der druck in den spitzen läßt nach
dicht an den härchen rührt sich nichts mehr, alles ist fast wie zuvor

alles ist plötzlich verändert, wenn man den fingerkuppen
traut, die über ringe fahren, leicht geschupptes grün. man

kann den unterschied der farben, kann *der bildung nettigkeit*
auch nicht die fasern zählen. nur an der seite löst sich etwas, weist

nach unten, wo schon ein flügelstück, in der hand des betrachters
sicher verwahrt, die augen richtet, flickern läßt. wer

mag das kleben, fragen die pupillen. wer besitzt den leim? und
wer die drahtscharniere? staub wird entfernt von den gelenken

wird von den rumpfsegmenten abgetupft, mit der pinzette
geht es aufwärts, nah ans styropor. es reicht die platte

halbwegs aus, für dieses mal. die finger streicheln
vorsichtig den rand. und halten ein. die nadel wartet schon

weiterhin eis

(1)

und ist von oben nichts als schnee
was an den rändern sich verdichtet
strandlinien, pfade
und könnten wolken sein
über der see

(2)

eis, das die buhnen umschließt, auf dem weg
an die wassergrenze. harschlinien, sandübergänge

ziehende flächen aus dunst, und man sieht nicht
wo der schnee an den rändern aufhört. weststrand

winter 1939/40, der wind kommt seit wochen
nur von der küste herein. in den dünen, die stellung

dicht unter schnee, an den zäunen zieht
die kälte die frischen laufgräben nach.
weiterhin eis

der räumdienst beim schaufeln, die männer sind still
um die mulden versammelt. wintermontur, die mäntel

abgewetzt, fast blank, mit langen krägen, die im nacken
faltig werden. eingeeist die ohren, und die lippen

unter wollstoffbahnen. nur die augen liegen bloß
auf der suche nach eisfreien stellen.
holz
das sich zeigt, zwischen klumpen aus grauem schnee.

sie schaufeln bunker aus, die namen tragen, *witzleben*,
seegrün, *hummelkoje*, die munitionsbaracken, funk-

und meßgeräte. frostschäden an den wänden, sichtbar
im licht, das vom wasser her einfällt. weiterhin eis

und der schnee dehnt die ebene aus, auf dem weg
an die grenze der see. die dicke der schichten

halten die eisberichte fest, die nichts sagen vom schauen,
vom horchen auf den zustand der luft.

(3)

ist das der lerchenjubel?
der dritte zweig?
sind das die bilder,
ist das die berufsarbeit?
ich bin den pflanzen auf der spur.
das sind meine hände
beim zeichnen nach der natur.

(4)

EIN LEICHENSTEIN

das ist der tod, der alles frißt
mit seinen stark gezahnten kiefern,
die männer hier hat er genommen,
GOtt, laß sie selig zu Dir kommen!

(nach Storm)

(5)

schaut nur auf meine farben,
wie sich die gräser drehen unterm wind.
die insel grüßt euch, kameraden,
gebt euren augen etwas licht,
ich schick euch bilder von daheim,
berufsarbeit, der dritte zweig. schaut
nur genau, wie sich die möwen jagen
übers kliff, die bunte dünenerbse
und das eierfuchsen. ich zeichne auch
in blei, detailgetreu. am liebsten nachts,
wenn sich die nebel vor die augen legen
und ich die bilder aus dem kopfe
holen kann. tierskizzen und porträts
gefallener kameraden. das ist mein tun
hier auf der insel, ist mein ganzes leben,
das pflanzenzeichnen nach der natur.
schaut nur, seid brav, genießt die tage
an der front, wir sehn uns wieder, kameraden,
wenn ihr an bilder denkt, an farben.

(6)

gärender schlamm, darauf des wales an-
geritzte hülle, die stiefel sinken, klingen
im genick. tranfässer, fischbein
knochen, man ißt den suden,
schon seit wochen, mit

(7)

beinahe schon die halbe nacht verstrichen. und noch immer
geht mir der frontgedanke durch den kopf. ich lieg im warmen

bunkerbett, der körper fühlt, die hand, mein ohr
hört mit der schärfe eines tieres, das gefahr wittert. orscha,

vom ruf getroffen, daß ich aus der heimat kam. drei wochen
flüge über weite strecken, verbände, das zusammensein

benutzte ich, hinlegend, mich zu unterweisen, «eigener-»,
«fremder-», «ungefährlicher» – leicht tastend, drängte meine angst

zurück. so lernte ich geräusche unterscheiden, das horchen
in deckung, auch: in erdlöcher hinein. nahm ich, verdichtet,

mit nach draußen, im panzerwagen, dann: im fieseler storch.
war das schon tunis, tastend, nach den schmalen,

sehnigen gestalten? oder homsk? die wüste –
totes antlitz eines kontinents, ich muß die lüfte suchen,

in mir das «vielleicht». schleppflug, das schweigen der kabine,
und ab und an ein morsezeichen kommt. wie ist die sicht hier

beißend, sand, sand und sand und … mücken, ungeübt
ist mir das gelbe meer, das flimmern, kurz, ich klinke

aus. nun kann ich steigen, weiter unentwegt und weiter, mir
wird noch afrikanischer zumute, das auge sucht, die ohren,

daß da bewegung wohlgeregelt kreist. bin ich es, mit
den strebekräften, innen? fast spür ich mich als habicht,

fern dem ziesel, behaucht. wenn ich an die urubus denke, lang,
der kahle hals, die federn mit dem ton gezähmter

gänse. der körper glüht, die finger, wenn ich vor westerland
im aufwind lag. wie lange ging das, wochen? nur die halbe

nacht? und immer noch dreht sich der frontgedanke durch
den kopf. ich taste nicht danach. ich lausche.

(8)

sie sammeln zeit, die stimmen
sammeln beute, sammeln winter-
und die sommerrouten, über land, über
buchten hinweg. die strömungslinien,
die geräusche, die marinefarben und
den sandflug an den küsten

(9)

die limikolen schwimmen und die mantelmöwen
die kormorane und die grau beringten säger
die kolbenenten schwimmen, mit ihren roten, ein-
tauchenden köpfen schwimmen sie, der kopf scheint still
und kippt ab, zieht die augen durch schichten,
wasserschichten, darin sich stimmen sammeln,
vom seewind bewegt.
                                        stimmen
von reihern, am himmel, von sperbern
von regenbrachvögeln, von stelzen und von rallen,
die in ufernähe nisten. die *elsterstimme*
und die rauchfalkenstimme, die den falken
greifen läßt.
                        klar
in staffeln, wenn sie kreuzen, wenn sie ihre flügel drehen
inmitten der schichten aus luft, sie halten fühlung,
spüren ströme, einflugschneisen, die der wind,
der harte küstenwind, nicht streifen kann. woher
sie kommen, nachts, weiß keiner. schlagwellen
klingen nach, und störsignale, die vögel
peilen das seewasser an.
                                        im hinterland, im schlick
geräusche, gischt färbt die nester, schicht um schicht
voran, durch besenheide, bärlapp, verschilftes
licht. durch die verlandungszone, blasentang. nach-
horchen, wo die sickerspuren enden, das gluckern, gedämpft
vom wind. über den sperrdamm, wellen nach und resten,

abgesplittertem beton. und weiter, schleuse, pumpstation,
kein funk mehr, keine peilung, die landeflächen
stillgelegt. grassoden nun, veralgte fischerreusen,
zwei elstern warten, nachtflug angesagt.
feuchtere luft
als die schwärme sich nähern. ihr kreisen führt tiefer hinein
in die falten der landschaft. die limikolen ruhen,
die brandgänse ruhen und die eissturmvögel. torfmoore
in den köpfen, sümpfe hoch im norden. sie speichern routen,
speichern landemarken, rufen die uferpfade ab beim überqueren
des beckens. anflug von jenseits der küste, die seefront
gibt den flügeln die kipprichtung vor, die verstreuten geräusche
ordnen sich an, zu frequenzen, *wassersignalen*, stimmen, die weit
in die strömung greifen.
aufhorchen in den nestern, aufhorchen
in den wellen am damm. die köpfe, flockig, tauchen auf
aus dem schlaf. sie orten flugbewegung, orten laute
und die reibung der luft an den federn, laute, die im sinkflug
klarer werden. nah aneinander die körper, im dunst, in den
schichten aus dunkelheit, jagdlaute orten sie, kurz
vor dem landen der staffeln, dem aufsetzen
auf dem wasser der see.

wetterzone

auf den see hinausfahren, nachts, wenn die strömung
die farbe des wassers bestimmt. luft wandert, breitet sich aus
das land gibt nach unter dem druck der wirbel

die wellen durchdringen einander, *weiße*
lautlose strukturen, von den schatten der reling begleitet
nimmt die fähre kurs auf das andere ufer

was bleibt, rückt das auge weiter hinein
in die dünung hinter den planken. lichtflecken, hafenumrandung
der pegel beginnt zu steigen

erst das schauen entdeckt die bewegung
die das boot zu teilen scheint, ein zweiter umriß, der sich langsam
aus der dunkelheit löst, gehalten, ansichtig gemacht

vom blick. während die fähre ruhig, kaum merklich
in ihrem gegenstück verschwindet
wieder auftaucht, mit dem bug in der schwemmzone

die luft ist dünner, als das boot an der kaimauer anlegt
wasser sickert und die farben
gehen zurück, in der schicht zwischen land und wellen

in der brechung der wasserfläche, dort
wo die kälte sich sammelt, aufgestiegen vom grund
von der strömung ans ufer gezogen

strandhalme über der dünung, *die luft*
ist bewegt vom wind hier, torfige linien schieben sich weit

in das riff und die färbung des himmels
verändert sich dauernd, kaum greifbar

wird das grau zu graphit, das blau, an den dunststellen
von hellgelben streifen durchzogen. das wasser gewinnt an härte

schichtet sich ein, der andruck der wellen so klar
die augen wissen nicht, wo sie sich festhaken sollen

gischtrunzeln lösen das licht
kein fluchtpunkt, keine mitte, nichts

das sich abmessen ließe, nur dieses anrollen, sich
überschlagen des wassers, als pulsten die wellen

plötzlich auf. landwärts erscheint die wölbung des horizonts
ein blasser film, der das schauen beruhigt

geräusche bindet und die augen zurückholt
an den strand. kalkspuren, dicht vor den halmen, der sand

fährt die senken entlang, die der tang an den rändern einfärbt
was der wind ihm vorausträgt, sind wassergerüche

und die umrisse hinter den dünen
vermischen sich, schwinden dahin, der blick

hält noch kurz ihre richtung

schnell ziehende wolken, der himmel scheint bewegt
von den helleren schichten dahinter. im diesigen licht
sind die bergspitzen kaum mehr zu sehen, der blick von weit unten
hinterläßt eine graue fläche, die sich hügelwärts ausstreckt
zwischen grashalden, rodungsgelände. am querhang der wald
ist voller geräusche, schmelzwasser rieselt, knistern
manchmal das *poltern des steinschlags*
in den unsichtbaren felsen. tiefer hinein, den windungen nach
die der weg durch die schlucht zieht, reicht nur das gestrüpp
eine wuchernde schneise, von der die augen bald abzweigen
in richtung schneefeld. findlinge, schmale lawinenspuren
der wald hat die schichten gebremst, die zirbelkiefern, flächig
vom luftdruck gefällt, hängen schräg in die quellfalten
darunter der grat eines hügels, künstlich, kollernde
flußkiesel fangen das ohr, nah an den bruchkanten
der beschotterungsrinne strecken sich lärchen entlang
die das tal entzwei schneiden, für den blick. *und dahinter beginnt*
eine neue landschaft, wetterzone vor bräunlichen feldern
mit fallstreifen, breiterer sohle, der wind
hat sich gewendet zum gras, das leicht ansteigt
über dem fasernden vorberg. im zwielicht sind es die wälle, die
ihre anrisse zeigen, die schnittflächen zwischen dem schnee
und den muren, weiter entfernt, greifen aus in die wände
halten das sehen am fels, das schieben der luftmassen
dicht an den buckeln, nur die terrassen leiten sie weich
in die hänge hinein, sanft ausebbend
auf den jährigen weiden, die schon die färbung
der ebene tragen. die nähe des flachlands
dunstig, aufgeweicht vom regen, ordnet das hören erst zu
an wiesen vorbei dem gestuften becken entgegen
gleiszonen, industrieanlagen, *ein bündel von richtungen*

breitet der horizont aus, bis an die sichtgrenze
lösen die wolken sich auf, und das licht
liegt in schleifen, wechselnd von schicht zu schicht

früher schnee

regen ums haus, das geräusch
einer freien bewegung
und immer rollt mit
das gedächtnis, die knirschenden boote
der leise aufruhr, wenn der wind sich hob
das aufspüren der amseln
bei frischem schnee

früher schnee, das seelicht
schiebt den horizont zusammen
nur an den rändern ist etwas zu hören, tropfen
und atemgeräusche, das knacken der glasscheibe
unterm druck der sich runzelnden finger

das zucken der blätter
wenn es zu regnen beginnt, unbemerkt
für eine leicht gespannte weile
dann, plötzlich
laufen die augen hin und her

der himmel gibt nach, die geräusche
von schleifapparaten breiten sich aus, *stille*
und rallen allein im kopf, wie die knirschenden
boote, allein im gedächtnis, noch weiter
am knochenrand schaben

wind, der die baumflächen angeht, die äste
in bewegung bringt, fest an den stamm
zurück mit wirbelnden blättern
ein system von verbindungen
über dem winterasphalt

später herbst. noch einmal an die küste
der deich hat die farbe gewechselt, grau
steht die luft zwischen offenen fenstern
möwen am himmel, strandläufer unterwegs
das horchen nach draußen, reglos
erhascht die stimmen an der mole
nur für einen moment. westufer, einzelne motoren
einzelne sitzende menschen, zwischen den reihen
der straßenlaternen. an der kanalwand, schaukelnd
ein altes boot, mit nestern in der takelage

bewegte landschaft. heute sind es die wolken, die
eine sichtlinie ziehen, quer über den himmel
auf dem vordach, glänzend, wartet die krähe
kurz vor dem flug ins gebüsch
drehen die spatzen noch einmal ab, jagen weit
in die senke zwischen den hügeln
über bunker hinweg, die sich ausstrecken
mürbe baracken aus blech mit kontaktstreifen
in nato-bemalung; sonst nur der wind
auf den pfützen, die küste zwei stunden entfernt

kalt das schwere zimmergebälk, das warten
auf den nächtlichen anruf, unruhig
wandern die augen zum schrank, von der heizung
zu den abgewetzten stücken am rand
der jalousien, und der nebel, vor den fenstern,
bewegt sich mit

hellere straßen, die winterlampen
schon lange gewechselt, die kälte der nacht beginnt neu
mit dem kopf an der scheibe, den fingern
zwischen bett und regal. die nägel ziehen nach
was der wind ihnen vorgibt, blocklinien, mauerumrisse
schichten aus tintiger luft, versteckt fast
hinter den büschen, die grenze nicht mehr sichtbar
die den hang von der siedlung trennt. der nächste schritt
geht zurück ins zimmer, das licht macht jetzt klar
wohin die umwege führen. die ruhe hält an

eingerollt hat sich der tag, der erste
der richtig hell wurde; jetzt
liegen flächen im dunkel und die häuser
halten den schnee

die erinnerung einzuholen
jenseits der weißen dachkanten
stimmen, geräusche
aus dem hintergrund
der geschichten, die kurz
in der dämmerung aufleuchten

kahl sind die flächen, kaum sichtbar
unter der luft
die ränder verschieben sich täglich

Anmerkungen

Die meisten Gedichte in diesem Band arbeiten mit fremdem Textmaterial, das nicht immer als Zitat gekennzeichnet ist. Die für das jeweilige Kapitel wichtigsten Hintergrundstimmen seien hier genannt.

In die Sammlung *aufgeblitzt* sind Stellen aus Gedichten von Gunnar Ekelöf, Tomas Venclova, Emily Dickinson sowie aus Walter Benjamins «Berliner Kindheit um neunzehnhundert» eingegangen.

luft verwendet Texte von H.C. Artmann, Petr Borkovec und Albrecht von Haller.

Die *drei stimmen* wären ohne Walter Kempowskis «Echolot» und einige Sammlungen von Feldpostbriefen und Erinnerungen zum Zweiten Weltkrieg nicht möglich gewesen. Ebensowenig ohne die Gedichte von Andreas Gryphius und Daniel Casper von Lohenstein.

Barthold Hinrich Brockes, Thomas Kling und, noch einmal, H.C. Artmann haben manchen der *dienstbaren tiere* die Richtung gewiesen.

Der Zyklus *weiterhin eis* nimmt Bezug auf die Gedichte Michael Hamburgers. *schaut nur auf meine farben* speist sich aus Briefen der Sylter Malerin Helene Varges, *beinahe schon die halbe nacht* aus den Erinnerungsbüchern der Pilotin Hanna Reitsch, «Fliegen – mein Leben» und «Das Unzerstörbare in meinem Leben».

wetterzone: Hier stehen Gedichte von Göran Sonnevi und Jürgen Becker Pate.

In *früher schnee* klingen unter anderem die Stimmen von Inger Christensen, T.S. Eliot und Amy Clampitt nach.

Inhalt

aufgeblitzt

luft

drei stimmen

dienstbare tiere

weiterhin eis

wetterzone

früher schnee